每个人都是一座孤岛

李银辉　著

百花洲文艺出版社
BAIHUAZHOU LITERATURE AND ART PRESS

图书在版编目（CIP）数据

每个人都是一座孤岛 / 李银辉著 . -- 南昌：百花
洲文艺出版社 , 2025. 1. --ISBN 978-7-5500-5875-0

Ⅰ . Ⅰ227

中国国家版本馆 CIP 数据核字第 2024SP3211 号

每个人都是一座孤岛
MEI GE REN DOUSHI YIZUO GUDAO

李银辉 著

责任编辑　　许　　复
书籍设计　　孙陈强
装帧设计　　湖北新梦渡传媒有限公司
出 版 者　　百花洲文艺出版社
社　　址　　南昌市红谷滩区世贸路 898 号博能中心一期 A 座 20 楼
邮　　编　　330038
经　　销　　全国新华书店
印　　刷　　武汉鑫佳捷印务有限公司
开　　本　　145 mm×210 mm　1/32
印　　张　　7.25
字　　数　　27 千字
版　　次　　2025 年 1 月第 1 版
印　　次　　2025 年 1 月第 1 次印刷
书　　号　　ISBN 978-7-5500-5875-0
定　　价　　88.00 元

网址 http://www.bhzwy.com
图书若有印装错误，影响阅读，可与承印厂联系调换（电话：15271659921）。

序

以诗为灯，发出主体内心之光

周思明

　　读深圳诗人李银辉的诗集《每个人都是一座孤岛》，让我联想到汪国真那首《去远方》："我背起行囊默默去远方/转过头身后的城市已是一片雪茫茫/我不想再过那种单调的日子/我像是一条鱼生活像鱼缸/我不知道远方有什么等着我/只知道不会是地狱　也不是天堂/没有人知道我是谁/自己的命运就握在自己的手掌/我不希望远方像一个梦/让我活得舒适　也活得迷茫/我希望远方像一片海/活也活得明白/死也死得悲壮。"读过许多诗人的诗，也评过许多诗人的诗，自认对诗写形势与概貌有所把握。其实，每个人在他写诗之前，都是一个潜在的诗人。何也？概因他们有话要说，有感而发。读这本诗集，我的脑海中瞬间跳出这样一个理念：一个人独处的时候，貌似孤独寂寞，其实那是上帝赐予人的一份宁静。享受这份宁静，体味一个人的特立独行，方才恍然，原来，这孤岛式的自我言说，是个体叩问世界的一个语言载体。每个人生来就是一座孤岛，即使其身处人声嘈杂的繁华闹市，也只能用自己的脑袋去思考，用自己的肉身去实践，而不能让他者代劳，让别人代包。所谓孤岛，此之谓也。

古人云："诗言志。"寥寥仨字，言简意深。"诗言志"的提法，最早出现在《左传·襄公二十七年》，所谓"诗以言志"。汉代《毛诗序·大序》有句："诗者，志之所之也，在心为志，发言为诗，情动于中而形于言。"意思是，诗歌是思想感情驰骋的地方，萌动于心中为志，抒发出来为诗。心中情感激荡，乃有诗句涌出。唐代诗人白居易在《与元九书》中说："诗者，根情，苗言，华声，实义。"凡此种种说法，都是从诗歌的美学角度，对诗歌意义与功能的经典阐释。在我为本诗集作序之前，作者向我披露了她写诗的初衷：诗歌写作是她对生活、对社会、对时代，以及对自我，有话要说，有感而发，乃至如鲠在喉，不吐不快。作者早年在故乡生活以及她在深圳打拼，吃了不少苦，受了许多难，一路走来，很不容易。这段历程，如果她不说，也就烂在了肚子里，成为永远的秘密。因此，我劝她以散文或小说的形式写出，闻此，她沉默下来，似乎有些犹豫。李银辉写诗，实际上是对自我身心与精神的救赎，是给压抑封闭的心屋凿开一道缝隙，让带着暖意的阳光得以投射进来。

读诗集《每个人都是一座孤岛》，深感与众不同。不同者何？一句话：感情真，思考深，诗意浓。比如《每个人都是一座孤岛》，诗作从一个环卫工人起笔，然后波及更多的人或物，大家在这个世界上，只不过都是一座座孤岛。这么写，很有哲学味道，极具哲理意境。其实，文学与哲学，诗歌与哲学，本来就是不可分的。好诗，从来就不缺少哲学的思考。李银辉的这首诗，从俗世俗人出发，从具象到抽象，从大俗的人事攀升至大雅的哲学，因而抵达了一个颇具深度的诗意境界。

来看这首《我听过你的名字，像风奔走在田野》："向前一步，走进了初秋的黎明／退后一步，关上了夏末的余热／秋雨绸缪，艺术村里的才子凝神静气／仿佛在等着谁的亲临／有些人从未相见，却似曾相识／有些人对面相逢，却无法交织／雨打破天空的沉默，顺着墙根挺直腰杆／你低着头微笑，胜过千言万语／我听过你的名字，像风奔走在田野／没有人叫我去追／我种过一些无名的种子，秋天已经来临／却依然没有勇气收割／喝着浓浓的咖啡，超然物外／听着悠悠的故事，让人感动／人生就是一杯苦咖啡，先苦后甜／余生将是一张老唱片，重复播放。"这样的抒怀，没有了俗世的悲哀，而进入一种更稳定的气定神闲境界，让笔者分享了诗歌的意义。西方哲学家有句名言："认识你自己。"此言的意义，在于人对自我的思考与认知，是人文主义的体现。其实，那个为人们耳熟能详的永恒哲学命题"我是谁，我从哪里来，我要到哪里去"，乃是人类"认识你自己"的根本命题。从上述这首诗中，我似乎感觉到了诗人的思考，比如何为幸福、何为人生、人与人如何交流、人与物怎样互动，等等。

百余年前，五四先驱李大钊激励青年："青年之字典，无'困难'之字，青年之口头，无'障碍'之语；惟知跃进，唯知雄飞，惟知本其自由之精神，奇僻之思想，敏锐之直觉，活泼之生命……"青春如冉冉升起的旭日，是一个人最宝贵的年华，也是人生最宝贵的奋斗时机，只有紧紧抓住，加倍珍惜，才能拥有美好的生活、光明的未来。李银辉作为一名创业者和诗人，成长在中国发展最快、最好的年代。她用自己的坚持与奋斗，告别了物质贫困与精神愚昧，步入事业发展的快车道。沐浴改革开放春风成长起来的她，自重自信，自尊自强，以不懈的努力、开阔的视野，奋力打开人生更宽广的天地。难能可贵的是，李银辉在顶着生存竞争的压力、挑战残酷的现实的同时，仍在内心留有一片繁茂的诗意绿地，仍不忘业余读书写作。她是以诗歌的形式，记录个体人生的足迹，助推自我价值实现。诗集《每个人都是一座孤岛》，以生动的意象、灵动的笔触，遒劲的风格，抒发作者的心志，展示她的才气，证实诗人的实力。李银辉的创业人生与诗写经历昭示人们：唯有将个人理想融入脚踏实地的奋斗中，才能成就自己的一番事业；也唯有对生活、对时代、对自我有了较为深刻的理解与认知，才能写出如此感人的诗作。"靡不有初，鲜克有终。"相信李银辉在自主创业与诗歌创作的双轨道上，迈开新的步伐，跃上新的台阶，走得更稳健，行得更辽远！

（作者是广东省作家协会文学评论委员会委员、深圳市文艺评论家协会顾问）

2023 年 5 月 9 日于龙华

目录

独

比起狂欢后的落寞

更喜欢清静里的孤单

第一辑

时光煮水

时光煮水

在时光里

煮水

只为等待你的

亲临

与我细数

岁月的悠长

漫谈

光阴的故事

花开几朵

无计

云卷云舒

随意

煮起了的

山间润叶

香气满屋

生命回转十几载

不过唇齿间

常驻心田的
岂止是那丝甜沁

如果茶的芬芳
和一个
刚刚沉淀的年龄
相遇
今生
必定擦出
生命的火花

2016 年 6 月 22 日

走远的一叶帆

海洋好远
远得让我够不着一滴水
我想做那海里的一尾鱼
自由自在地游

沙漠更远
远得让我渴望一滴水
我想做那沙漠里的一棵绿树
当你经过，为你遮挡阳光，忘记自己

然而当我靠近你
仿佛靠近一片海洋
你越走越远，远成天边的一叶帆
无论我怎么游，也激不起一朵浪花

当我靠近你
仿佛靠近一片沙漠
你越走越黄，只留下一串串符号在沙丘上

告诉我你的方向在远方

远方好远
远得让我够不着地心慌
远得海洋抹掉了我的眼泪
远得沙漠风干了我的骨骼

2017 年 5 月 19 日

浅帘卷西风

偶有莲心淡写，红罗巧戴小莲蓬，你在何方？

浅帘卷西风，瘦玉立紫萝，依旧苍茫。

不搅人间国色，将凡心深藏。

薄衫暖不过秋般夏，心暖抵住冬之雪。

午夜的守候敲响千年的钟，你在何方？

2017 年 5 月 19 日

分不清是雨还是泪

昨日的天

许是乏味了

闷得紧

一霎间

晴转雨

瞬间秒变

整座城市马上湿透了

看那叶上的晶莹

分不清是雨还是泪

不知道是喜还是悲

雨和泪

欢与乐

无从说起

也不愿去选择

你若欢喜

泪也是乐

你若忧愁

雨也是泪

雨是天降的甘露

终归润泽万物

滋润大地

臣服到尘土里

我们都是大地的客人

高兴的时候迎接你的笑声

伤心的时候接纳你的眼泪

无论你去往何处

大地母亲都承载着满满的幸福

你停留它不动

你前进它祝福

你矗立在山巅

它在最低处仰望

你站在舞台上

它用力量承压为你喝彩的大众

大地它博大

大地它深情

无论你身在何处

在何方

大地一直在

在你我的左右

当我经过那片叶

竟分不清是雨还是泪

2017 年 6 月 13 日

雕刻年轮

她们的微笑，夹带着前进的激流
在阳光里涌动

细小的皱纹在爬满了茧子的手上
雕刻年轮

在一节又一节的路上
扫荡着每一个春秋，体味着人间的冷暖

就那样炽热地，看着一股清新的民国风吹过
殊不知你的沧桑，已经刻在了岁月的镜头

黝黑的脸庞上，一抹童真的笑颜
羞红了缀满枝头的簕杜鹃

青春的影子在余晖里
照见了你曾经最美的年龄
怀念过去仿佛一阵风

在巷尾处，拐了个弯无处追寻

羡慕的是你身上我的影子

俏丽敌过了江南的烟雨

你细碎的高跟鞋

打湿了我的眼眶

和那古老的墙壁对话

细述曾经，那一本无从说起的书

2017 年 7 月

记忆的盒子

如果我走了，不再回来
你是否也只挥挥手，不挽留
那共度的时光，有朝霞
有迷雾缠绕的梯田，是我钟情的天上人间

也许再相见，再相逢或相知
你我注定只是，那人间匆匆过客
你不属于我，而我也不属于你
只是浅浅地在十字路口，抖落一身的愁绪

连同路旁那朵娇艳的红花
一起收藏到记忆的盒子里
那下雨的午后
那撑着雨伞的人

从此消失在人海茫茫中
一去不返，带走一颗悸动的心
在秋风秋雨里祈愿

朋友啊，一路珍重，珍重

（参加"跟着名家去游学"文学采风活动，于水上粮仓处，抒情一首，感恩与"大咖"们以及各路文友们一路共聚开心快乐的每一天。）

蓝之梦

恰恰就是晒出了一种

云南的感觉

那份蓝无色可替

有人说蓝色是忧郁

而我看到的

是大海的宽广

和天空的无际

那里是寄存梦想的地方

无论走到哪里

走了多远

天与我的距离

只有一色蓝

所以蓝

与我

看起来好远

却很近

远得有些时候够不着

近时仿佛又在眼前

2017 年 8 月 21 日

等风来的小姑娘

有了风，云儿它自由自在地飞翔
有了风，花儿才婀娜多姿地绽放
有了风，树叶儿褪去了夏天的旧衣裳

风是宇宙的情人，处处留情
风是雨的伙伴，滋润万物生长
风是我的知己，偶尔会来打扰

看风撩起梦露的裙摆，如此迷倒众生
看风吹过辽阔的呼伦贝尔，绿油油的向往
看风拐入油纸伞的雨巷，追随一位丁香女子

如果没有风，大海也无所谓波澜壮阔
如果没有风，此生躁动的灵魂将安放何处
如果没有风，尘世的繁华将平静如常

还记得，许多年前，有位小姑娘

在春天的桃子树下，等风来

风来了，桃儿就落了

2017 年 9 月 6 日上午 11:15

腔调

在活动中找灵感
在静里求文字
身随心动
一切外在加持的色彩
都有加冕的光环

走过的每一个脚印
都留下深深浅浅的痕迹
在时光里野蛮生长
亦如那野百合的春天
迎来满山星星点点的斑斓

一个真心走路的人
一路向西
空灵后世的孤单
在人间独舞春秋
不在意掌声多少

许多年后的某一天
当人们再听到
一声惊叹划过长空
一曲流长的歌舞
打造成了一生的腔调

2017 年 9 月 10 日

晒秋

海洋里遨游了半生
还是躲不过那一张网
捞起千千万万个鲜活的生命
上岸晒秋

台风扫去天际最后一朵乌云
阳光晾晒着渔港的祥和
你的身影摆动着一个个终结的符号
风干了的灵魂将投放到粘满泥浆的闹市

心装不下过多的忧伤
却放得下一切丰收的画面
不过一眼，却收获一季秋的丰盛
满帘的鱼儿仿佛还在起网的那一瞬间跳跃

蓝天白云阳光渔滩
微风捕捉鱼的香气
我们守护半生的幸福

在指尖轻轻滑走

风停了，你站在原地复活一个旧故事
一个女孩曾经在这个地方
等待她的男孩

2017 年 9 月 10 日下午

如果风不及

如果风，来不及到岸

你又何必多情

还在原地等待

2021年8月5日

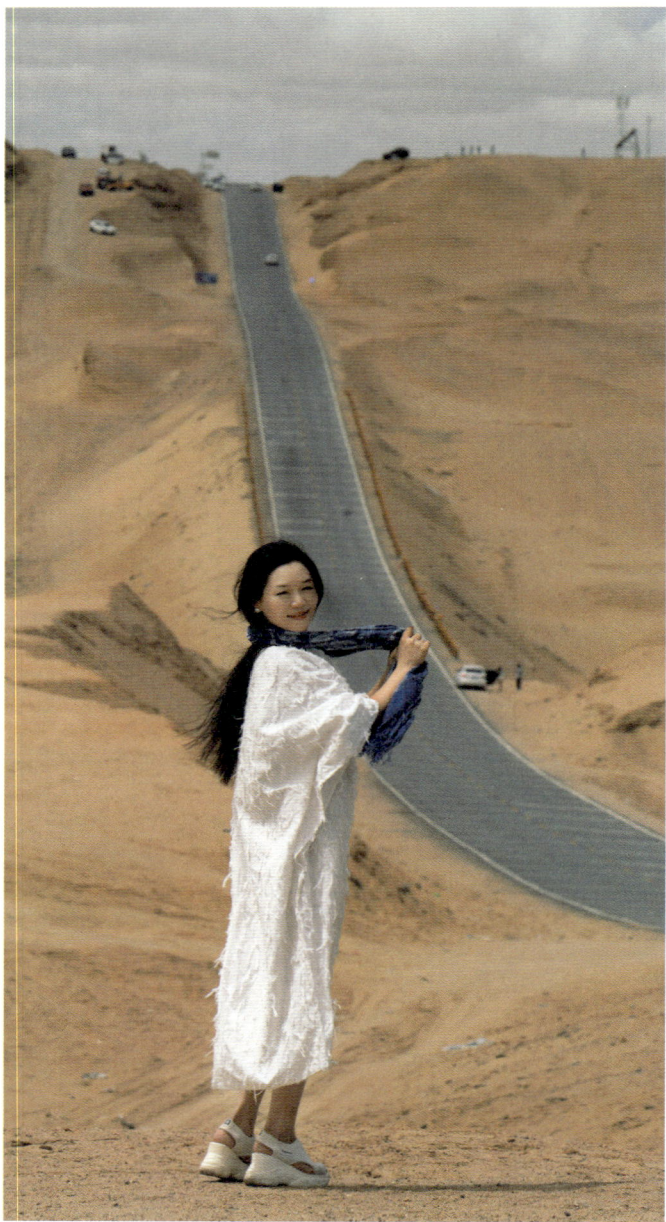

第二辑

风锁不住的春秋

空壳

你外表很坚强
内心却很脆弱
肉身已被售出或盗卖
灵魂自从有了光芒就开始闪烁

一眼望去就像地球的粗糙皮肤
你带着一份遥远的距离感
空降冰盘展示你的嫩肤白肌
和一碟俗称鱼类的朋友杂放一起

不曾想过落入谁的口中
那是你人生的终点
然而此时此刻面对你的空壳
我开始沉默

有些人走了
却依然活在心中
有些东西空了

灵魂却早已放飞

神仙点化不了万物
却唤醒了一些小小生灵
曾经跌跌撞撞的小舟
已泊在心湖安静的岸边

你一直在观望
那块被切割的生命
已经无法具体缝合
就像白天与黑夜只交替没交换

永远擦肩而过
只留下一声叹息
你只不过来了人间
充当了一回烟火的道具

2017 年 12 月 1 日下午 5:44

叙利亚·看见伤害在上演

我看见伤害

随着眼泪流下来

和着火灰粘在孩子稚嫩的脸上

千疮百孔的城

它曾经风光无限

如今残垣断壁

谁为历史买单

谁还少女一生的爱恋

为何枪口只射向弱者

正如射杀一只只肥壮的山羊

让我们睁不开眼睛

我们什么也没有看见

却什么都看见了

不可能无动于衷

那炮弹把家园沦为沧海

把亭亭的少女送至狼人之口

如同把玩一只只木偶

旧年的东瀛也曾来我江山践踏

国强当下我主沉浮

历史不会抹去国耻

长河里先烈们的身体

在厚书里流淌着血泪

于是，我把书合上

如同封存一场噩梦

2018 年 4 月 26 日下午 10:13

钢筋水泥里挖不出种子

——纪念五四青年节

记忆磨破了黑夜的皮囊

邀君共酒对月当歌

天尖乘着旧时光不约而至

却打发不了孩子的天真

左手 85 度，右手 100 度

心情在木凳上摇摆不定

幻想着长椅上一直有对恋人

编织着心与心的距离

忙碌的日子飘过一阵快乐

得闲的空隙里闻着淡淡的茶香

谁的时间里都有时间

谁的青春里都有春夏秋冬

在遥远的地方你摸不到我的温度

在滨海的城里我祈愿你平安
没有爱的时候也曾握紧拳头
用瘦弱的肩膀为你撑起一片天空

走过岁月的青葱年华
沉默的力量愈积愈厚
你经过这个世界
而我刚好也在

青春是一件美丽的衣裳
中年是一杯芳醇的美酒
少年是一场无畏的旅行
老年是一幅即成的国画

匆匆地过去
忙碌的我们
钢筋水泥里挖不出种子
芳华还在继续

2018 年 5 月 4 日上午

岁月的剪影

你在年华里慢慢老去

打着将近百年的鼾

蚂蚁爬过的山柚子皮，和你干枯的皮肤一样

躺在地上

我在光阴里遇见了你，悄悄地走过你的身边

你永远不会知道我的目光，此刻多么认真地雕塑你

瘦削的躯体

你被太阳无数次亲吻过的脸，黝黑

穿越高挺的鼻梁，岁月的剪影犹在

拐杖安静地躺在你的睡椅下，和你同眠

漓江的水默默地流淌，潜入你熟悉的梦乡

走过的路，踩过的石子

花掉的时间，积攒的底气

我想再也不会有这样的目光，从鹏城游移到兴坪

明天早上，我就要离开

2018 年 12 月 24 日平安夜

有一种爱叫作不放手

奶奶的牙齿已经掉光，记忆也一天天淡如水
褪成了冬日里灰茫茫的孤寂
她偶尔记起我是谁，一会儿又会忘记

她想起我，我高兴；想不起我，我失望
有那种时间被小偷光顾的亏空感

她想起一些事情，又忘记一些事情
她和老闺蜜一起抽烟，一起慢慢地聊着
儿子和媳妇，还有孙子，一堆人儿

她每天刷新着询问的记录，房前屋后地寻找老伴儿
却不知他的去向，不明白为什么就是见不到
无论我们怎么回答她，爷爷已经走了
也无法让她相信，她喃喃低语道，他是死过一次
又活过来啦
在她心里，爱人永远都在，不曾离开
她一次又一次地问大姑，你父亲去哪儿了

他到底有没有去深圳，何时归
去深圳打工的工资挺高的，也好

夜深的时候，狗子懒洋洋地靠近火炉打盹
她轻声告诉大姑，把门留好，你老爹打牌就要回来了
那个曾经爱她宠她呵护她一辈子的人，把蹒跚的岁月
交给了她
不再为她做可口的热饭热菜，永远地再也不见

她紧闭着空缺的口腔，眼里一天到晚都含着半弯泪花
那是一汪被岁月浸润过的深潭，深过水库的翠色
她戴着发旧的绒线帽，尽管我又给她买了新的
她老是叼着一根烟，斜躺在沙发上
腊肉般黄黑的脸上，皱纹层层叠叠，这脸竟然精致得
像个老旧的艺术品，和时光一样珍贵

有一刻我忽然明白，就算再相爱的两个人
总有一个要先离开，还有一个就得孤度余生
究竟哪个才是最幸福的人，活着的还是走了的
我们都无法说清，谁也无法说清这如水的人生

2019 年 1 月 30 日

指尖上的湖泊

我想我不必强装坚强
因为落叶总要在春天落下
我想你也不要太认真
真情总会在树隙里漏下金色的光芒

日子淡了很多
就像那泼在画布上的丹青
没有刻意要分解那份重彩
因为心允许把日子过得淡些，再淡一些

我听到夏天的脚步越来越近
我看到翠绿的湖泊在指尖上跳舞
我抚摸着最痛的痕迹，已经结痂
我低头看着自己的脚尖，少了些许慌乱

这城市里的人彼此擦肩而过
却再也碰撞不出初恋般的火花

芍药婀娜李花俏在你的世界

伊人妩媚心儿醉在人间

2019 年 3 月 18 日下午

橘子熟了

我看见你了

一个像橘子一样甜美的姑娘

你轻轻的声音

虽然没有想象中的好听

可你那一身浅橙的衣裳

仿佛秋天的果实

刚刚好熟在秋天的增城

2019 年 8 月 17 日下午

如果我回头看你

如果回眸的一瞬间
正好见到人群中的你，含着笑
或者带着泪花儿
只为这千年的等待
那该有多好

我多么希望此刻的你能够，体会到
我心里的感动
不为谁，只为此刻的相见
连雨滴也拥抱了不起眼的尖草
打滑的苔藓也伸出了细小的双手

这一生，下一世
谁都无法为谁架起一座心桥
道别后的重逢总要时光去考验
人生若只如初见
我们又何苦相恋一场

2019 年 8 月 19 日下午

无人亲吻的尘埃

我需要再吻上一点儿

才够得上阳光的唇

那红毯艳丽

和青春一样的颜色

它踮起多年的颤抖

默默地渴望我的拥抱

我最终选择与尘埃一起旋转

让我的秀发拨弄中秋的月亮

和你目光里的弦

2019 年 9 月

风锁不住的春秋

静谧中晃悠的狗尾巴草
成为一堵墙的对话者
它们彼此没有说话
只有风吹过

风是这个世界的使者
它受命于天的主宰
它不停地走
到处留情

可不知道为什么
它并没有留下痕迹
只留下一瞬间的摇晃
它走后，时间又把一切锁了起来

2019 年 11 月

孤独之门

一扇门
可出可入
却没有别人

第三辑

走不出的城

被窝里的三国红楼

你若懂我，就笑面相迎

你若恼我，就转身离开吧

别把时间浪费在不合适的地方

别把心交予不在乎你的人

每个人都有不同的人生

每个角落都有一样的伤痛

你抓紧了的东西

别人不一定羡慕

你放弃了的一切

也许才是别人无法理解的

原本以为拥有才是最大的收获

后来才知道，归属感才是心的源头

一缕缕清泉，和一丝丝平凡的感动

让日子变得越来越安定祥和

美人如花隔云端，心有所属定乾坤

如果风起的时候，我和你一起

去看故乡的云卷云舒

如果雷鸣的时候，我和你一起

躲在被窝里讲三国红楼

如果我爱慕你的心还能像从前一样

那该多好哦

2020 年 2 月 27 日

巷锁千秋

爱上长长的巷子
就是喜欢上了深深的思考
还要勾勒出绵长的相思

我老是幻想着，穿过一条窄窄的巷子
在一线天里仰望蓝天
那个时候的天空才可能属于自己
才发现低处的卑微
竟然和青石上的苔藓一样沉默
原本没有打算带来什么故事
也不会在这里留下半点痕迹

我敲打时间的鼓点
有回声在斑驳的墙壁里响起
甚至震落一些灰尘
那一定是许多年前的一段有趣的往事
只是人大了，委屈就学乖了溜走了

寻思着拾级而上找脚趾的疼痛
盘算着怎么把内心的那张纸摊平
像铺开春天的一幅画卷
既招人喜欢，又不失素淡

有时候我还是想要问
天际的白云到底算不算你我的媒人

2020 年 4 月

中年啤酒

不是所有的人都喜欢看海
海洋虽大，却大不过人心
当潮水退去，当时间退去
中年多么像是那啤酒瓶哦

我们总是嘴里说着少吃点
肚子里却悄悄再填满一些
我们总是拖着借口的尾巴
阳光挂上树梢还不愿起床

中年就是吃得多却动得少
中年就是说得多却做得少
中年就是特别喜欢怀念过去
中年就是很少再去展望未来

老是说等孩子长大了
我们就去周游世界
可当孩子真长大了

却忘记我们已经老了

中年就是说好了少喝一杯
却又干了一杯又一杯

2020 年 4 月

在你的鼾声里写诗

有一点点时间是需要挤兑的
哪怕三分钟，足以写出一首诗歌
我在窗前写诗
日子里的颜色就长成丰满的藤

不是所有人都喜欢写诗
如果可以的话我也不愿意写诗
因为每一首诗都是一个结
或者一处未愈合的伤

可是也有些光自然地泻下
如月如幻，在黑夜里滋长
我写出的光芒和五彩
都是尘世里刷洗过后的晶华

我在沙发的慵懒里写诗
在你的鼾声里写诗

在我们爱过的地方写诗

在复杂的人间书写简单的诗歌

2020 年 5 月 22 日

西塘揽月

我喜欢你喜欢和我在一起
看西塘揽月
逛青石古韵
赏游人的心事

你可以牵或不牵我的手
我的心跳不会为谁加快
我的脚步甚至会放慢再放慢一点
谜一样的江烟含黛
将我的肺收紧再收紧一点

一世的情缘离不开一江碧水
你一直在岸的那一边翘踞
斜影轻轻地浅落江心
无论我怎么伸出有力的双手
再也记不起你青春的模样

此岸彼岸之间似乎什么都没有发生

我只看到，远远望去

天地之间拥抱成如盘的月

有山有水有人间

2020 年 5 月 24 日

知否你的美

不能借助天空的颜色

就忽略了太阳的光芒

不能因为它的清高

就忘记了它曾出污泥的高节

不能傲娇得如处子亭亭

就任凭各色的眼睛擦了又擦

不能静待花开后的翘楚

就忘记含苞的初心

当你打开一池的芬芳

夏天也将以最炙热的太阳照射着你

当你揣着一颗驿动的心徘徊不前的时候

时间的流逝又让另一朵荷花怒放到极致

当一切都为美驻足的时候

你只需要如花一样站在镜头前

对着未来的窗口微微一笑很倾城

知否你的美再也无须任何陪衬

2020 年 5 月 26 日

老家的墙旮旯儿

墙左是哥哥家
墙右是弟弟家
墙与墙之间有一条缝是小路
小路的后面是邻家
母鸡和公鸡偶尔在这里戏耍
小孩子们会飞跑着从这里穿过
蓝天守护着兄弟两个的家人
他们的儿女有些在远方忙事业
有些在近城打零工

哥哥已近八旬
守护着久病的妻子
他扶起一个又一个太阳
他刻画一个又一个脚印
他把日子沉重地写进了心里
他偶尔翘首远望的地方
有他盼着归来的亲人

弟弟已经过世十载有余

弟媳看护着孙儿孙女

日子被拉黑拉长

电单车承载着肥胖而灵活的身体

骄阳下晒黑的臂膀粗壮有力

还能在傍晚时分拉起

乡愁里的二泉映月

还要放长远的声线

湖南的花鼓戏唱响了雪峰山脉

邻里乡亲吹拉弹唱

水库青山缠绵了多少父老

一弯新月挂起的时候

晚唱就成了最美的时光

哥哥清瘦地数着日子过得单纯

弟弟的谆音依旧盘驻在儿女们的心间

哥哥和弟弟隔着墙

也隔着尘世的悲欢离合

小时候哥哥坐在门槛的左边

弟弟坐在门槛的右边

2020 年 8 月 4 日

女人的军装

我没有穿过的正式军装

可以驱赶柔弱的衣裳

可是我的身上一直流淌着

一种根植于血液的正义

它燃烧着岁月的脚步

已经从青涩走到了中年

那一身绿色的军装

多么像丰盛的青春哦

手风琴拉出清脆的单弦

年轻的容颜挂在岁月的枝头上

那时候风轻轻月盈盈

鸟吟吟

声绕亭

2020 年 8 月 13 日

走不出的城

没有人无缘无故地出现在你身边

正是因为彼此需要，抑或喜欢

有缘的人总有一天会重逢

许多人就算认识，也不一定会生发多少念想

有些人也许不见，但心里依然想见

见与不见，皆是因为交集的深浅

云卷云舒，茫茫人海里

多了谁不多，少了谁不少

我们内心留存着一块空地

宁愿停在窗前的雨打芭蕉下

我们退出繁华闹市

只为独享一盏香茗

我们默默地遥望

又静静地等待

谁也不愿发出半点声音

彼此沉默地立在太阳的掌心里

任时光划过温暖的家

任车流碾过城市的街头

任一切该发生的发生

要停止的停止

唯有风吹响玻璃窗

唯有鼾声成为午夜的天籁

昨天的信誓旦旦

都被坐成一团乱麻

瘫软在疲惫的午后

尽量保持皮肤的洁白

生怕漏掉一些什么

譬如健忘，抑或力不从心

我们还是漏掉了一些太阳的光芒

再也无法揣进裤兜里

我们干涸的喉咙

也无法锁上一些正常的呼吸

面对向往的地方

放飞一个个梦想

脚跟磨得再光亮

也走不出一座城

所以我尽量弄出一点声响

哪怕是饥饿的胃在深夜里唱歌

哪怕平躺着也要让指尖跳舞

其实人间根本没有夜

只是因为太阳累了

下班了，歇息了

2021 年 6 月 6 日凌晨

来自民间

生活本来就是诗

而我的那一份

多少夹带着人间烟火

第四辑

无论你走多远

梅荷扇影

扇子是扫荡尘土的武器

它摇下风雨后的细节

它划过江南的烟雨

烽烟起，兵戈向马

江山流汗，将士淌血泪

院落里，雕窗前

几多心事几多惆怅

扇尖处心颤如雨

落笔成文，相思成豆

且把梅荷浅描

江南好，青瓦白墙绕

江南美，小桥流水人家

江南往，一生一世的牵挂

摇一摇芳草鲜美的春天

夏荷就初放在檀头

品一品香茗，岁月就漫过了忧伤

寄山寄水，念君念佛

收起一弧，斑驳的梦

2020 年 8 月 18 日

永远记得疼爱你的人

小时候牵过你手的人
长大以后不一定还记得
可是小时候疼爱过你的人
长大以后一定会记得

你穿着一件黑色绒扣子单衣
并不高大却帅气的背影
却显得格外神秘而古老
你追赶着夜色苍茫里的老黄牛

刮风下雨后的石板路上
有你颠倒向前的脚步
我用尽一生的勇气
也要走出你深情的目光

冬天再深的雪地
我也认得出你踩出的脚印
你扛着半边分红的年猪归来

乡间的腊月里满溢着香甜的鲜汤味

那两斤包得严实的糖果
一五一十地均分为四份
又脆又甜的花生的味道
充满了我们最幸福的童年

你曾经在讲台上当过我的老师
你吹着口哨喊着满崽，满脸的微笑
竟然雕刻在青葱的云台峰上
荡漾在碧波荡漾的湖泊中央

2020 年 9 月

又是一年中元节，念父亲拙诗一首

阳光落在单肩上

咖啡因给过我的劲头

在夕阳里瘪了，渐渐消失了

太阳落在单肩上

刘海挂在油光的脑门前

我交给孩子一些白纸

孩子还给我一些黑字

甚至还收获了一些古风雅韵

发现了更多渴望的眼神

都市的车辆匆匆，行人匆匆

一层层薄薄的印象深刻地留下

一半在参天的大树上盛开

一半藏匿在背包客的笔记本里

太阳回家，人们也回家

家里的灯光比荧光亮

家里的饭菜比快餐香

那里生产温暖和幸福

2020 年 10 月 22 日

下午写了一半后，晚上续写的诗歌

乞讨的老母亲

我停靠的十字路口，成了她

即刻开工的集市

她无疑是清瘦的

她走向了

走向一个个小财神

她走到了我的车旁

我打开了车窗，告诉她我没有现金

真的一个硬币都没有，那么凑巧

她沉默着走了，回头走向她的根据地

走向十字路口的正中心

她的确已随着车龙走得远了些

我的车缓缓向前

阿姨

我唤起了她的回头

来，给你，橘子

只听她连谢三声

不慌不忙地剥开了橘子

那是一对孖宝黄橘

甜美的味道，是这个秋天的丰收果实
她干瘪的背影，让阳光涂抹得越发苍茫
她是谁的母亲，她是中国母亲
可不可以让她的儿女，喊她回家
十字路口红绿灯处，不是她老人家的家

2020 年 11 月 25 日

可待可人

等待是一场秋梦

一个忧郁的眼神，写满静谧的思考

路人越来越匆忙，没有人会留意你

等待是一种享受

可以窝在沙发里，喝着热心美女端来的咖啡

用手机记录当下，难得的闲暇和写意

等待是一个约会

你可与时光对饮，城市的喧嚣是交响曲

窗外的五光十色，是你可以描绘的图画

等待是一个无言的结局

无声无息飘落成一地的黄叶

2020 年 12 月 2 日

醉余年

日子，浅淡里浮现一些白

珍珠一样美丽

煮起的老茶，期盼了大半生

只待友来

孩子，玩耍里捧出一点鲜

蜂蜜一样甜美

墙上的字画，点缀着我们的青春

停驻在那里

我总是赶不上别人的热闹

寄一汪清泉伴着明月

在不朽的夜空里皎洁

也许你未曾和银河一样闪烁过

在每一个风起的时候

风纠结心事的时刻

我终将要打翻陈年的老酒

哪怕浅啖两口，醉余年

2020 年 12 月 13 日

于地铁 4 号线上，刚抵少年宫

地铁上的歌声

嗯……哑……

这是时代赋予的声音

也是一个沉重的使命

它连接起一村又一村

它钻进一条又一条隧道

有阳光的地方它游走如蟒蛇

它也是入地的蛟龙

下一站深圳北

它是深圳人的中心点

也是很多人的转折点

车在行驶，电杆倒向后方

我觉得速度是时间的分水岭

倒过去的就叫过去

扑向前的就是未来

而我是那粒当下的尘埃

没有飞翔成天空的雁

也不能走出一座围城

我背上的行囊很轻

却也压低了我的脚步

如果一切都停滞不前了

那是多大个悲伤哦

喔喔喔……哐哐哧

上梅林地铁站到了

2020 年 12 月 17 日于地铁 4 号线上

虚拟的勇气

早晨的阳光很柔，很柔

她是安静的，静静地贴在墙上

你的脸上和灰色的尘埃上

电线杆的形象，看起来高大

无非是借了太阳的光芒

衬托是万物最好的修辞

钢琴曲在起伏中跳跃

遥远的大海波澜涌动

我的一颗凡心被掏空

又被闹钟吵醒后重启

日子的柴米油盐酱醋茶

又开始铺设成一桌子的局面

哪一个是你拿捏的泥塑

哪一句又是你不咸不淡的问候

我们终究还是要继续选择下去

听心的声音在耳边诉说

那远去的飞鹰请捎上我的祝福

我还是没有办法去实现梦想

身边有更需要我的人
勇气如同虚拟
会时刻驾驭那颗坚定的心
再等一些年
时光再老一点
有些光就淡成清荷的香气
阳光也还是和从前一样柔美啊

2020 年 12 月 20 日

无论你走多远

外面的春秋是独行的线

归来仍是儿女，脚印布满深林

母亲的叮咛，有长有短

是百听不厌的经典之歌

期盼归来的目光，慈祥而关注

你不知道，你的转身离去

小路就要泪迹斑斑

枯树仍要肃然半季

陪伴是最长情的告白

有些陪伴用身，有些用心

然而寄予远方的希望

亦如闪闪发光的星空啊

在春天里箭一样驶离故乡

开往都市的列车越来越快

严冬的子影在窗外倒退，纠缠不已

直到与春暖花开的世界剥离开来

南方与北方，我们创造出一个个奇迹

择一城与君老，这是我们奋斗过的地方

那曾经青葱明亮的天空，是回不去的故乡

那养育我的爹娘啊，成了永远的牵挂

无论你走多远

腰间依旧拴着母亲手中的线

无论你何时归

故乡的热土随时揽你入怀

改革的车轮滚滚向前

我们还需要继续努力

疫情只是上天赐予的一个考验

人间有真情，有甘甜的幸福

2021 年 3 月 1 日观剧有感

城市的天空

抬头仰望天空，无法捕捉一缕清风

甚至阳光都抓不到，和你捉迷藏

太阳一会亲吻着脸，一会又藏到云里去

城市的天空，要么是宝石斑斓

要么是雾霾沉重，灰色苍茫

只有在春天的时候，她才会娇俏地撒欢

雨点浸润红艳的木棉和火焰花

一朵朵不争荣宠地绽放光芒

春雨的缠绵，是打不湿衣裳的轻

春风的温柔，是纠缠碎花裙的媚

一座城因为梧桐山上杜鹃盛开而傲娇

一座城因为我们的阳光向上而欣欣向荣

改革已经开拓出全新的局面

开放的不只是一个曾经的渔村

还有在这片热土上奉献青春的孺子牛哦

我赞美你建筑工人！你黝黑的皮肤上闪耀着太阳的光芒

我赞美你清洁工人！你清瘦的背影是街头的风景

每一个中国人都了不起，因为我们一直都在创造
奇迹的路上
要么努力，才有掌声
要么美丽，才有未来

2021 年 3 月 21 日

收获

人间有鱼

你一网情深的网

总会有些收获

第五辑

娘本优雅

等待是一场变老的游戏

等待你从幼儿园里出来
大脑袋，大书包，摇摇晃晃
等待你从小学校里出来
送雨伞，送校服，匆匆忙忙

我是你温室外的及时雨
是你饭桌上的热菜汤
是你的陪伴让我慢慢地老去
是你的淘气让我磨砺了棱角

所谓子女一场，不过是一个又一个的送别
然后有一天，你长得比我高
走得离我远，走向你的世界
我的世界也就有了盼头

光阴的脚步越来越清晰
背影开始越来越模糊
灯火通明的繁华落尽之处

多少空巢的人已老眼昏花

有些人挣脱了原本虚设的束缚
捅破窗户纸的也许并不是别人
你我都是，天下的匆匆过客
谁会在乎，所谓的地老天荒

在雨后的淋漓尽致里看看
树有千千结
在别人的背影后品味人生
心有千千结

2020 年 9 月 16 日

你就在阳光下一点点地成长

奶奶

日子忽明忽暗地长满了藤

爬上她曾经青春美丽的脸

她的情人一半埋在土里

一半还拴系在她的身边

在颤抖着的思念里

在屋前屋后拐角处的碰撞里

黄昏升起的时候，再也

牵不到那双有温度的手

他们曾经面对着，坐在竹帘边上

晾晒丰收的薯片，尽管沉默不语

他们的爱也被落日晾晒着，太阳也从来不言语

光明正大地升起，恋恋不舍地落下

从此人约黄昏后，只留下形单影只

多少颤悠的脚步，只余下一个人走

我看到暮年的踉跄，像是一组休止符

日子像是摊晒着模糊了的年画

她偶尔流露出来的眷恋，还是浸润浅潭的泪水

她尽量沾湿舌头，让年轻的味蕾逆袭回来

那堆满一桌的鱼肉，香气扑鼻
只为讨好她的欢喜
奶奶是一个平凡的人
奶奶也是一个可爱的人
她老成了我们心中的宝

2020 年 9 月 18 日

爱的续集

有时候，你踩出来的脚印，虽浅
但是，不要怀疑
因为，那是属于自己的
力量，不是别人的

有时候，你的心底发出的声音，很轻
但是，不要惊慌
因为，那是你对世界的
呼唤，那是爱的方式

有时候，你的默默承受，很重
但是，不要放弃
因为，那是你必须承担的
责任，那是爱的代价

有时候，我的左手握着时间的方向
心却还在昨日的忧伤里徘徊
有时候，我的右手签下了明天的太阳

身却还在舞台的旋转里欢腾

我伴着你，你伴着我
在长河中编织爱的故事
上集是你，下集是我
而孩子，是我们的续集

2020 年 10 月 11 日

无约

如果我就这样

飞走了

定是去了唐朝

约会太白

把酒青天

千杯还少

2022年3月9日

穿越时空的媚骨

旗袍里藏着的不仅仅是婀娜

更多的是少吃或不吃的坚持

致那些曾经美好年轻过的万千女子

是你们的模样，温暖了世界

无论何时何地何种场合出现

注定生发一场独特的美

一种东方的婉约大方之美

优雅地跨过厅堂

走到街头，停驻时，时光倒流

行动处如杨柳拂风

或者坐在沙发里慵懒地看书

抽一根凉烟打一个电话

或者是四个女人围着一圈打起麻将

旁边有茶水端送，有火机点烟

留声机里的音乐缓缓流淌

女人哦，这辈子一身千娇媚骨

只为青春时傲娇地走过

万水千山的风景

每个女人的清晨

都要细细地欣赏镜中人

装扮出自己喜欢的模样

其实，懂得爱惜自己的女人

才是最美的人儿

朴素无华在某些场合更容易成为焦点

不管时光如何流转

青春就是女人最值得留存的纪念

唯有在镜头下，做足十分的美

瞬间定格一生的回忆

爱拍照的女人是最美的人

美在展现这时代的风采

出自摄影师镜头下的每一张作品

都是艺术

高挽着的青丝

细腻乌黑如云

肌肤白皙如凝脂

天鹅是高贵的象征

细巧的鼻子挺拔起来

支撑整张脸的灵魂

点绛唇上枫红润色

秋波流转，顾盼生辉

腰身纤细，身材纤长

流转千柔成媚曲

怎一个好字了得

话说旗袍，穿越时空的媚骨

作为中国女人，最懂它的温柔

2020 年 11 月 20 日

两代人

孩子看的是书

书里的故事是母亲陪着看的

母亲看的是手机

手机里的世界是孩子陪着看的

阅读的香气从书里跳出来

直接钻入幼小的心灵

短视频成功地把音乐拐骗

也把成人的世界刷成无底的锅

女儿翻开了一页书

五彩缤纷的颜色很好看

我们就被某些称为色彩的艺术

迷惑一生不想出来

拉不回日子的白

只能揣着夜的黑

在满腔的热血里

放松一根生了锈的中指

2021 年 1 月 18 日

秋日私语

想念这金的秋

落的那一地叶

飘零一树浪漫

画地为床

仿佛依然看到夏日的情侣

在长椅上私语

我在盛夏释放我的丰盛

在秋天我只想褪掉强悍的伪装

用我诗一样的黄色尽染丛林

然后与树绝恋

袅袅炊烟和空气缠绵

跳着芭蕾落地

静静地等着你的脚

来亲吻

西湖之恋

我为你许下的江南

已经生烟

黛蓝的水中央

有我久长的思念

请替我问候江燕

何以呢喃如许

影儿为你已倾尽温柔

那一日，我们同倚堤亭

轻风和你的声音一起

拂过我的长发

我艳丽的红衣裳

点缀在绵长的坝上

那是我为你画上的朱砂痣

我要把一切都交给风

那水中跳跃的粼光

就是我多情的心哦

我始终没有勇气扑向一池平静的湖

正如没有自信沉入一片大海一样

我只能痴狂地按捺自己
不至于吵醒一对水中的鸳鸯
或者打破潮起潮落
很多时候，我只是喜欢这样
深情地静静地聆听着
天与地的声音
然后企图站起来呐喊
把每一个瞬间谱成曲
让百鸟为之歌唱
而我只需要保持最后的沉默

2021 年 4 月 28 日

儿女

曾经拿捏光华的纤纤玉手

也要落实到五味杂陈里去

曾经薄如蝉翼的背，也要负起千斤的小胖子

你笑一下，娘的天地就心花怒放

你哭一次，娘的世界就开始迷茫

你是那人间的五月，燃烧岁月的希望

你是那熬过去的日子里，余下的最后的温柔

愿每一个你起跑的日子，都与乐共存

愿每一次跋涉千山的风景，都与你同乐

每一缕阳光都不曾绊住前进的脚步

每一个交织都可能留下一世的回忆

小时候，你在身边慢慢地走着

长大了，我在你走过的地方慢慢地看着，想着，

回忆着

不知不觉就老了

2021 年 5 月 5 日

悬崖上的舞蹈

那么渴望被一场大雨

淋成葱郁的一棵树

那树里有虫鸟歌唱

那树下有娃娃撒欢

那么渴望拥有一片天地

广阔无垠任我驰骋

那里有成群的牛羊

那里有鲜花的味道

那么渴望自己是一粒尘埃

在悬崖边上跳舞

看日出的欣喜若狂

看日落的沉默是金

那么渴望走到终点

沿途的风景那么美好

不需要担忧风雨雷暴

不需要承受半点伤痛

如果生命是一场孤独的旅行

我们为何不孤单起舞

哪怕站在风起的大草原
哪怕立在西岭的苍雪中
生命是一曲优美的旋律
你我都需要勇气去舞动
哪怕只是一面小小的旗
那也是一颗折腾的种子

2021 年 5 月 15 日

写于孙乃树老师课程午休间

娘本优雅

再不开学

娘真要疯了

身为女人

原本可以优雅地生活

因为有了伴读

一切都在指间滑落

世间最远的距离

不是你的离开

而是你明明在身边

心却拴系在别处

一座城里春暖花开

街道却空无一人

每个被困在家中的人

都变成束手无策的兽

一场没有硝烟的战争

让天空变得更蓝

蜜蜂和甲虫飞入寻常百姓家

却再也飞不出封闭的窗门

孩子生下来就被父母疼爱

我们从来不缺爱

当一切尘埃落定

自是心田种玉时

慢下来的时间里

品味一场大雨的沐浴

观赏人世间的沧桑

在这个多变的世界，活着就好

2022 年 4 月 7 日

诗瘾

不要轻易爱上诗

它会让你上瘾

而且无药可救

第六辑

水的骨骼

你的目光

发光的，有你曾经走过的青石板上的脚印
你的眼中含笑，也让霞光忘了坠落
多么像是离别村庄的人哦
孩子呀，每一条路都必须你自己去走
不要惧怕风雨，也不要留恋彩虹
你的目光坚定，硬过你背篓上的黄藤子
走吧孩子，只有吃得下去的苦
没有走不下去的路

2020 年 2 月 21 日

半枝梅

倒带一样的时光，需要静守
一颗心原本是充满野性的
时常停留在童年的田埂上
或者某座征服过的山巅
女儿问为什么独恋《风筝误》
我说一直享用这支曲子
跳到天荒地老
跳到花落花开
学会用绵软的无力
去梳理一切荒芜
杂草丛生处亦会开出鲜妍
每一朵都像盛开的笑脸
学会一种习惯性表达自己的方式
向世界宣告挑战的力量
当你的欢喜成为被关注的焦点
也是一种幸福的生活
年轻时候的逆流而上
像撕破一件华丽的外衣

似那寂寞的夜晚开出的半枝梅

凌寒而立　艳如桃李

2021 年 5 月 25 日

一根艺术的狗尾巴草

人群中脱颖而出者

要么自带光芒

要么就是被赋予了能量

或者某种意义上的助推

谁也不可能被

同一双手推向太阳

同时又安枕于心

那株向上爬升的狗尾巴草

借助太阳的各个维度

把自己雕塑成艺术品

就算是藏在万千之间

也看得出差距

没有人要你坚强

也没有人喜欢你懦弱

每一个曾含泪奔走的人

原本就是传奇

2021 年 5 月 27 日

你曾伴我过江南

你曾伴我过江南

小桥流水人家

灰烟笼，醉卧乌檐上

稚童笑，伴娘行

天青发，夜幕停

他乡是故乡

翻旧照，思以往

游子心牵过江南

淡墨浅色，描摹江南

难着色，难取舍

鹏城简居铺玉帛

是夜为白日

2021 年 5 月 30 日

爱笑是一种时尚

我从来没有放弃过

快乐而简单地生活

我从来不会觉得自己是

一朵永不凋谢的玫瑰

赞美过一位女企业家

她身材匀称有气质

女人四十岁该有的样子

从容淡定宠辱不惊

当你的心情低落时

要学会放下，走开

当你的努力不够时

要继续加油，挺进

没有一种态度能够硬撑到最后

只有一颗爱笑的心，懂得感恩

风雨是天性，爱笑是妥协

阳光是馈赠，努力是真理

不能把天明的雨滴

留到傍晚去欣赏

海上的波涛汹涌

是每一条船必须面对的

每个人走的路不同

每个人都有自己的故事

当有一天你回过头去看过去

那些精彩的片段就是最美的

我喜欢走过的路上的风景

每一片叶子都是诗怀雅漾

每一个脚印都印在钢筋水泥路上

每一个呼吸都温润如玉

把一切交给时间吧

做一个努力向上的人

拼搏是我们的使命

爱笑成为时尚的标志

风继续在吹

闲时阅读书香在

香茗在手话晴天

莫不喜当前

2021 年 6 月 13 日

北极熊的眼泪会流到南极吗

沙滩是海洋的千古情人

每一次深情地拥抱后

都会击起层层浪花汹涌而来

抚平她被人踩下的一个个脚印

那枚斜倚在长发上的红夹子

依然如故，依然美丽

那首萦绕在心头的情歌

却已经生锈，变了腔调

北极熊的眼泪会流到南极吗

孩子们都说不会

太阳有一天会陨落吗

孩子说有可能

2021 年 6 月 17 日

穿梭人

杨利伟漫步太空

曾牵系亿万人的心

地铁哥穿梭在地铁里

清瘦的身子薄如纸片

每个人都待在沉默的手机里

我让位给一个看起来年轻的阿姨

她犹豫了一下还是坐了下去

胜红笑着说我也到了有人让座的年龄啦

年轻时候让的座老了会还回来吧

生平第一次站在路口迷失了方向

好像亲爱的人没有一个在身边

陌生人的善意里有温度的提醒

熟悉了的陌生人隔着镜片窥视

我想我不用再去假装快乐

快乐是年轻人的时尚

而成熟是一种变老的过程

果子熟了，天空蓝了

老天用雨洗涤天下的尘埃

黄河削薄了母亲的皮肤

硬要卷起千层浪显尽万丈豪情

泪水流成了大江汇入大海

我站在浪涌心潮的东方

站在中华文明的窗口

深情地演唱民族的歌谣

祝福天下所有人平安喜乐

我们每个人都在岁月里穿梭

在忙碌的日子里穿梭

在彼此的眼里

梦里穿梭

2021 年 7 月 16 日

水折扇

把一池水揉皱

折成扇，予清凉

汗珠儿落，香粉浅伴

红妍鲜艳，白云卷

择一个静寓来约

倚在君旁，尘世安

浮华远去，芳草茵茵

鸟鸣叽叽，虫儿凑唱

远山远水远人家

板凳架起，水墨丹青

小桥流水，烟雨江南

淡泊人间皆是春

2021 年 7 月 30 日

水的骨骼

人的灵魂
和水的骨骼一样
无形
都是虚空
假设把一滴温柔的水
吊在半空中
它也会翻着筋斗落下
坠入大地的深渊
或者摔得粉身碎骨

离开水的时候
就像是与人间烟火绝缘
无法想象在沙漠里行走
还能引吭高歌

一滴水的味道
是上天的馈赠
它汇入江河湖海后就玩起了失踪游戏

有人说它升到了天上

和云谈了一场恋爱

又重新回到人间

在一个不知名的村庄

开始了隐居生活

2022 年 10 月 5 日

蜗牛的软肋

它住着简陋的房子
人们说那叫独栋别墅
精致，孤独
像一顶奇特的弯帽子
用肉身造成
所以很脆弱
俗称雨后的散步家
它举家出游
用软肋遨游地球
它勇敢地交出坚硬的壳
和温润的地面相拥相恋
孩子把它当成玩具戏耍
大人毫不留情地把它踩屎
它的尸骨不需要掩埋
隔日就被运往了很远的地方

断片之作

灵感这东西
风一样的感觉
有时有
有时无

第七辑

诗一样的女子

白纸黑字

昨夜起风，花又落了

深情地拥抱着大地

雨浸过的城市，翻了新

又成了别人的新家

没有完全睡足的觉

有些轻微的混沌

掉头车像只懒猫

摸不清方向

穿越一座陌生的城

我在何处

父母在哪里

吾儿在何方

头疼中敲落两千白纸黑字

在一座孤岛上行走

收获一些别人的幸福

当然也有一部分是自己的

至少出走和书写

已构成诗意

2021 年 10 月 18 日晚 11:07

喜着霞衣

喜欢上一袭长袍
尤爱绣着的那些图腾
尽管着素衫，可尽展朱颜
然七彩的霞衣，着上了身
才觉得生活涤荡着点儿底气
没有能够画下江山送给自己
唯将一些日月精华穿在身上
企图让心灵尽量丰盈起来
款式，风格，染色，刺绣
大阔型，这诸多元素
看着就让人心动不已
一直想设计一件袍子
和别人不一样的衣裳
寻觅了万紫千红的秋天
也只能在书的世界里找到
秋水伊人，美如清扬
辗转星辰，作别月光
轻倚栏窗，思念成流

2021 年 11 月 19 日

遇见诗人

既然地球都不能圆谎

我又何必在房子里，苦苦解释

又何必，将千言万语化作诗篇

你的笑很温暖，穿过玻璃窗

直落到咖啡的香氛里

你遇见诗人

我遇见你

2021 年 11 月 28 日

来我的怀里

娟子，亲爱的
来我的怀里，让我抱紧你
让我的胸膛变成你的港湾
停靠一会儿
什么都不要想
不要悲伤，不要哭泣
亲爱的，我知道你失去了母亲
我也为你感到伤心难过
可是亲爱的，没有永远陪伴的娘
也没有永远的爱
只有当她们突然离开的时候
我们才生出被割裂的心痛
母亲与你心连着心
爱你如心头上的肉
可是，她老了，她要去的地方就让她去吧
命运的辘轳，辗转经年
我们合掌祈愿，去往天堂的路，越走越好
我们用更坚强的心，为她祈祷吧

娘牵儿女心，从此我们身边少了一个疼你的人

你要学会多爱自己一点

学会用更宽厚的肩膀让儿女来依靠

学会承担，学会珍惜

亲爱的人啊，珍重

岁月匆匆，偶有静好

愿你的人生平安喜乐

2021 年 11 月 30 日

写给娟子

爱不知

多么渴望拥有，一个阳光的午后

一条长椅，一个人

静静地待着，听心跳声和时间交织在一起

一定会，轻落一些花瓣

一定会，细闻青草的芳香

当你试着和自己对话

世界是安静的

趾缝里生出无数的温柔

一直往大地母亲的怀抱里撒娇

你会发现，慢下来的节奏里

时间静了，而你却有了崭新的开始

所有要求倾吐的心声

都长成了翅膀

像是无数个精灵

无色、无味，却袅袅升起

抓不住，摸不着

你却清晰地感受到

从未有过的幸福

与自己和解
向未来出发
若时间可以回头
我依然会认真地爱自己

2021 年 12 月 3 日

沙滩上的阅读少年

你的眼窝深邃
偶尔我会
读到你的忧伤
浅浅地
像零星的菊
淡淡地开放
因为你是我
一个熟悉的窗口
因为你是我心头
最温暖的人
记得那年
妈妈怀着你的两个妹妹
午后的阳光尚好
我倚在沙发上睡着了
你悄悄地给我盖上被子
梦虽醒了
爱却深种了
从此你笑起来的时候

我的太阳就升起来了

有人在沙滩上看海

而你在看书

你的侧颜杀

烙印在日子的脸上

娘的心上

2022 年 1 月 28 日

美人骨

飞燕踏鼓，如蜻蜓点水
倾国倾城
庆旸折腰，如眉月挂空
惊艳中华
江山如画，可长留于卷
美人如玉，可永存于心
在春晚舞台中
我不过是轻轻地爱着你的眼
在宝安的剧场里
我看到远山远影远飞扬
尘世间所有的悲伤
不过是让我们更加深刻地去体会欢喜
经历千山万水
一转身，回眸一笑
那人那水那一片晴朗的天空
模糊的车影，匆匆的脚步
酸软了的岁月的腰椎
往夕阳的方向倾斜

巧笑倩兮，嫣丽如妍

轻舞飞扬，花笑花飞

美人骨，千杯醉里是桃红

黑白文，万丈红尘隔重山

2022 年 2 月 28 日

诗一样的女子

无须知道我是谁

不痛不痒就是自在

我不可能在风华正茂的时候

遇见所有正当年华的每个你

有人喜欢牡丹国色天香

而我更爱芍药的娇美

有人拥抱春天的阳光明媚

而我更喜午后冷气里的那杯鸭屎香茶

不必问我是谁

我已将最美的样子交给了大地

大地是生我养我的母亲

我无以回报

只有把满腔热血化作白纸黑字

涂抹在岁月的脸上

尽管沧海桑田

尽管忧伤如梦

不要问我去过哪里

我走过一些风景秀丽的地方

那里是西岭雪山的仙境

有我衣着红裙翩跹起舞的俏影

那里是落日余晖下的海滩

有我白衣蓝裹的丰韵挺实的身影

尽管冒着感冒的危险

尽管还原半生尤爱的皮囊

不要问我是谁

我不过轻声地哭着来到这个世界

那夜月色柔美

夏末秋初

中元节里忙碌的大人

和急着赏月的小姑娘

出生在一个诗一样素简的日子

注定要成为一个诗一样的女子

2022 年 3 月 2 日

那样的女人

瘦的时候是少女

亭亭玉立

怀揣着梦想

胖的时候是妇女

端庄大气

只想着孩子

美的时候是仙女

轻盈飘逸

只顾着自己

丑的时候是怨妇

自暴自弃

生怕错过什么

无论春夏秋冬

还是逆境顺境

把美进行到底

标致如你

美丽动人

仙气满满

女人是这个世界上最好的风景

如果没有了女人

生活就少了诗和远方

做女人就要出色

做女人就要傲娇

做女人就要勇敢

在岁月的长河里撑起一艘船

承载着酸甜苦辣

最终成为别人眼中最幸福的人

2022 年 3 月 11 日

月下母女

月落树梢，朦胧之间

找到三月的迷雾

我与你，寂静的夜晚

卸载一天的沉重

我想剪下一缕月光

给你缝制一盏明灯

照亮你黑色的脑袋

和那双渴望知识的眼睛

我想扔掉一身疲惫

企图抖落的每一滴汗水

都能滋养每一株小草

湿润每一朵小花

我想要的景德镇的瓷画

依旧搁一半在路上

不小心打烂了你的恐龙蛋

就要还你一个更长远的体验

忙碌的生活囤积了很多尘封的角落

我想要的断舍离

刚刚好是时间清理清扫

扔掉一切不需要的东西

包括一些模糊的影子

残缺不全的记忆

再也拼凑不起美丽的画面

翻过去的皇历在垃圾桶里沉默不语

没有风，脚下生

出不去，跑一圈

一米六五的个子

也要跳出两米以上的高度

我和亲爱的姑娘在一起

她完成天天跳绳

而我对着老旧的岁月

施展半生的拳脚

2022 年 3 月 19 日

昨晚月落树梢时，母女晚练

风过后

风过以后，帆就静了
你踩过的沙滩，又变回原来的样子
那段未写完的诗，被渔网缠住，不了了之

第八辑

影子

夜抹黑了万物的眼

曾经，宝马在线

北环大道便是我的疆场

如今，小毛驴在手

东二村就是我的世界

串街拐巷，岁月的轱辘慢悠悠地随风转过去

拖儿带女，童年的味道

鲜活地烙在孩子的心尖上

团云漫天，装饰傍晚的天空

人间便有了祥和的气氛

着 T 恤衫和牛仔裤的女人，拖起放学的孩子回家

她们的肉身嵌在斑马线上

白天和黑夜，忙碌与休憩

关上一扇窗，灯火就开启夜的旅行

卸下口罩，还原黄皮肤的美

电视上演，五味杂陈，生活的滋味满屋飘香

空调呼呼地运转

孩子沙沙地写字

远处的挖掘机声此起彼伏

园子里孩子们的嬉戏，共奏夏天的乐曲

如果一天是一首歌曲

那高音部分一定是在日出之前

夕阳挽着白天的裙角，恋恋不舍

夜抹黑了万物的眼，深沉而又令人心动

2022 年 5 月 9 日

撑破时光

小时候的山村

土砖房上炊烟缭绕

小山坡上牛羊成群

远行的火车里

端坐着参差不一的梦想家

从故乡到一座陌生的城

认识一些陌生的人

我们只需要支付一些车费

直到把最美的年华献给这片土地

把她当成自己的家

直到腰背开始酸痛

才会尝试去站成一座山峰

企图撑破一扇青色的门

而此时此刻只余下过剩的时光

我用我的背影

书写人生

在青色的日子里

幸好有你们陪伴

白鹿原的樱桃儿甜

观音山的荔枝儿腻

还有那尚好的熟普香

大哥讲的故事远

我的思绪忽远忽近

和山上的烟雨一起缥缈

设计师描绘好了世界蓝图

而我不过是这张图上的一个点

我们仿佛是住在笼子里的小鸟

纵然有一双坚强的翅膀

也飞不过千山万水

我们那自由的时光

已经搁浅

所有和快乐有关的事情

都被封存

2022 年 5 月

爸爸的老蒲扇

嗨！爸爸，我爱你

我是你的心头肉吗

我要坐在你的身旁

看你的笔在画板上飞舞

这样我就要期待，一树又一树的甜蜜果子

还有那走也走不出的森林

我要坐到你宽厚的肩膀上

够得着采摘一片心仪的嫩叶

哎！爸爸，谢谢你

让我听鸟语闻花香

让山风按摩你宽厚的耳垂

我的一双小脚还要站在你的肩膀上

这样我就能看清，树丫上喂食的母子鸟

嗨！爸爸，我爱你

我毛茸茸的辫子里，有你编织的梦

我银盆一样洁白的脸庞上，依然镶嵌着你闪烁的吻

我愿银河里的所有星星，都知晓你的世界
我要往后的人生，你依然把我捧在手心

愿所有花开的日子
都有你灿烂的笑容
愿世间每个善良的女孩
都是爸爸掌心里的宝

嗨！爸爸，我已长大
那身后奔跑起来的队伍越来越强大
可是我依然记得你
在炎炎夏日里，为我摇起岁月的老蒲扇
悦耳的口哨，愉快地引出一泡孩儿尿

2022 年 6 月 20 日 8:24
缅怀爸爸，用文字记录父亲节，这是一首迟来的歌

换一朵云过夏

有一个地方叫深圳

高楼如笋，蓝天白云

这座城市很忙碌

车辆穿梭，行人匆匆

背包客，夜归人

绿树红花，四季如春

再美的风景，也会看腻

再好的人儿，相看也生厌

数着日子起来又倒下

酸痛的感觉又卷土重来

叶子被一次次地扫荡

鸡蛋花装饰无人的小径

刺目的烈日抹黑了脖子

换一朵云过夏

阳光沙滩还有你

挤一间房做梦

冷气阻挡如火的热潮

牵住一双温暖的大手

就算未能走到最远的地方

也是人间值得

2022 年 7 月 17 日

你的模样（中英文互译）

就算是老天，也不可能永远拥有美丽的云裳

若是人在旅途，便可以弥补老天的遗憾

许人间一个又一个模样

我在想，只有美好的女子

才配得上这些符号

赤橙黄绿青蓝紫

玉肩上披挂一片图腾

就可以缭乱黑白的窗

若用黑夜裹紧白玉般的容颜

那月光真的就要失色

愿那抹像心一样跳动的红

簇拥青春的脚步

一直奔走在路上

那身后默默的守护者叫自由

Your Appearance

Even God can not always have a beautiful cloud dress

If people are in the journey, they can make up for God's
regret

They give the world one after another appearance

I am thinking, only beautiful women

Are worthy of these symbols

Red orange yellow green cyan blue purple

A piece of totem draped over the jade shoulders

It can tease the black and white window

If she use the dark night tight white jade face

The moon is really going to fade

May that wipe of red beat like a heart

Surrounded by the footsteps of youth

Always on the road

The silent guardian behind is called freedom

47 岁的第一天

昨夜和你一起，虽看不到月亮

却可以看那翻卷的浪花

可比唐诗宋词

白玉我嫌俗气

喜欢你陪着我

做什么都可以

这样我就可以任性地

只做一个女孩

从 12 岁到 46 岁

你已然是我生命中最长的一串珍珠

珠线是日月

那成色是你吻过的印记

让我为你，捏一捏酸痛的肩膀

让我跟在你身后，像是一阵风

多情得只懂停留

握一个人的手，需要缘分

留下一个人，需要真心

这世间没有那么多花前月下

唯有平凡的日子里

简单的生活

不要管风雨会不会来

只要努力地坚持下去就好

日子本来无色

独自偷着乐吧

一切就都鲜活了

2022 年 8 月 10 日

我是一尾鱼

我要把自己，隐藏在一个你找不着的地方

这样，时间伴着我

才不会觉得孤单

其实，孤单只是一个名词

用放大镜去看

会徒增苦恼

所有快乐，都建立在痛苦之上

所有伤痛，都建立在期盼之上

快乐和痛苦是孪生姐妹

哪边重哪边轻

每个人都是偏心的

活在舒适的世界里

舒适是个瘾君子

它会让你无所适从

我们何时能做到华丽地转身

全凭个人造化

那舍不得你啊

才是世界最美的画卷

我画山画水

唯一丢不下一个你

我像一尾鱼

浅游在你的水底

听水声潺潺

2022 年 8 月 23 日

余生的拐杖

年少时

哭着喊着长大

有母亲的呵护陪伴

青春时

拼着赶着向前

有个声音叫奋斗

中年时

时光慢了懒了

有个地方叫回忆

用年轻时打下的江山

做成一个无形的拐杖

余生才不至于太过摇晃

拽着岁月的尾巴

抚摸每一寸被风吹过的时光

把心搁一半在微笑中

我们常常觉得矛盾

念着过往，想着未来

而把当下过得很糟糕

有一天，你要学会和自己相处

再美的春天也在慢慢地等待

人生平淡处不染纤尘

2022 年 10 月 7 日

年龄是把梳子

人生如同撒一张网

网到了春秋的绿与黄

却放弃了冬雪的圣洁

捞到了拼命挣扎的鱼

却拉痛了坚硬的腰肢

把心里的话，交给想见的人

把宝贵的时间，写进不朽的记忆深处

人生，没有什么重要的事

活着，三五知己足矣

人生最难忘的，莫过于初恋

年龄是把梳子

梳着梳着就大了

掉落一些黑

再落一些白

秋叶一落

嚼一嚼牙齿

才发现

牙又松动啦

之后，所见的人都很珍贵

之后，所看的景都是宝藏

2022 年 10 月 8 日凌晨 1:50

影子

一半在风里飘，从不迟疑

一半在尘世里，俗不可耐

如黑发卷入夜里，找不到它被裁剪过的形状

喜欢被太阳包裹着，晨曦微露时浅笑嫣然

追寻电掣般的速度，不惧怕城市的喧嚣

伴随你闯荡到每个城市，和你同呼吸

和你共患难，当然也有一些欢喜

愿意伴着你，走天涯

真实地和你过一生，从不说别离

2022 年 10 月 23 日

时光漏

时光就是个漏
而我们要在这个漏里耗上一生

第九辑

花里梦里

花里梦里

准备好了一百个好心情

装入空荡的车尾箱

这两三年，那里最靠近独居

挽起无形的袖口，挥霍一路

慵懒的阳光

拖起沉重的双腿，直至站立在

甘坑的青石路上

带着一脸精致的妆容，俗称

讨好时间最好的迷药

把少女的模样，深深地刻在

鹏城的金秋里

繁华开放的笑容，很治愈

每一个重复的景点，不停地更换

不同的和颜悦色

我抚触着陈墙，刷落一些灰尘

没有揭穿它，所属的年代

曾经风里雨里，有你陪

往后花里梦里，有你随

2022 年 10 月 28

拼凑的河流

一半的色彩，随风淡去

晕染的发，记忆越发淡薄

故事里的主人公

学会了隐藏

青山屹立在远方

碧水安放在江南

而我的心却依然激动不已

暂时抛下俗世

不管不顾地踢开门扉

要借月光的枕

做一个美好的梦

你一直都在这里

若即若离

刚刚还拥抱着的

是你最爱的人吗

许多个昨天陈列起来

码放在寂静的框里

偶尔想起你的时候

两次拼凑的河流

始终只能以独影的斜

倚在杯盏中

我奔向未来的自己

不再如从前一样

轻盈洁白

2023 年 2 月 15 日

鱼织的布蓝不过天

如果拥抱就能得到春天

我愿张开双臂

揽你入怀

翠色诱惑行人的眼

落英缤纷的季节里

闲着的、溜走的

闹着的、忙着的

都被浸泡在一壶浊酒里

一袭月色

只为遇见一个不重样的人

陌生并不可怕

可怕的是沉默相对

再美的味道都失了分寸

只顾着编织一场梦

像鱼织的布蓝不过天

我只不过是个逗号

短暂地停留

不需要喘息

自然舒展筋骨

居然像一棵大树

长出翅膀

硬是拉低了天与地的距离

2023 年 3 月 12 日

园子的绿

园子一生下来

因为慢了一分钟

就错过了当姐姐

她拼了命地长

大着声音说

我明明比你高

怎么可能是妹妹呢

她不吃肉

却吃牛肉丸和肯德基的鸡块

这两年

姐姐长得比她高

比她胖

她却越来越贪玩

前天画了一棵树

旁边抄上诗歌《绿》

她站在讲台上

把一园子的绿

塞满整个教室

2023 年 3 月 17 日

下一站月球

选择做一朵格桑花

在高原上平淡地绽放

花朵里舀出风的传奇

呼啸的太阳奔向地平线

深情款款地谢幕

直到跌入母亲的怀抱

不说晚安

天黑黑

城市温柔地起舞

没有影子的街头

乌苏清甜

半杯亦醉

足印刻满小半个中国

弯月在追赶

渐次明朗、丰盈

洗涤马驹的风尘

只为明天轻颜上阵

去往乌鲁木齐市

在西翼的翅膀上伸出双手
画个圈作为记号
下一站月球

2023 年 8 月 22 日

赛里木湖

我们极力靠近你

万里之外为你

跋山涉水

为你拐过一道又一道险弯

为你暂别一座华城

我们不顾一切地奔向你

为此我换上白色的袍子

揣着少女的痴心

有一道陈年的光伴着

幸福的辞藻华丽转身

月光隐居

太阳的瞌睡已经决堤

高原的风鼾声四起

心里长出一只鹿

伸出初秋的长脖

踩踏清远的草原

澎湃的赛里木湖
多情地挥动着手臂
婀娜的曲线绵延起伏
游子放下手中的舵
臣服在莱茵蓝的怀抱

2023 年 8 月 24 日

酒窝

再苦你也笑着

硬生生地挤出

一个盆地

她们说要善待

因为那里面有故事

半生的春天已逝

半生的秋天已来临

栖息在山水田园的日子里

你聚焦的一眼

拼凑起一网涟漪

2023 年 9 月 10 日

生命是一场摇晃

一场摇晃的爱
产生一个生命
在绵软的海洋里游泳
直到瓜熟蒂落
摇篮里听着歌曲
咿呀学语
在鼓励的目光里
摇摇晃晃地学步

人一旦学会走路
今后所有的路都得靠自己走下去
求学的路上
从小路到大路
从出城到远方
我们一路摇晃
直到在某个地方安家
把幸福这个扣子扣好

在城市的喧嚣里

我们又迎来下一代春天

2023 年 10 月 5 日

句号

离开了，画个句号就是永别
与春秋隔绝五载

我们依旧在寒冷的冬天里
思念你，如春天般和暖的语言

恩爱，属于你的年代
清淡的菜、寡淡的茶
和如水的时光

句号外有余音
一直缭绕到我老
再好的人老天有一天也要带走

洋葱一层层地剥开
心里的茧子就增加了厚度
镜片再适合模糊十度

爱得久了成习惯

爱已走成追忆

爱是一剂疗伤的良药

出生是感叹号

成长是破折号

爷爷的故事成了省略号

2023 年 12 月 25 日

归来

小时候，模仿从走路开始
天真烂漫地画着符号
一点一点地占据自己的领域
抓住的东西，无论大小
都要先舔一舔，再尝一尝

那时候的记忆，都是后来大人补充的

于是就知道，乌泡刺不能吃
因为蛇爬过
映山红的花蕊不能吃，
吃了塌鼻梁

长大一点，试着翻过一个个山坡
在春天，采摘茶乌泡，
扯最嫩的笋
夏末秋初，半截身子浸在水里
只为沉到更大更多的虾

在冬天，隐藏在大人找不到的地方
过家家，吃饭团，忙乎着看别人成亲

再大一些，背向故土
拖着行李走向别人的城
一栋栋房子，一层层壁垒
滚滚湘江水，茫茫天涯路
日子只保存了一层灰烬

心的出走伸向了更远的南方
绿皮车，被青葱的爱情追赶着
山不动，水在转，一直有你做伴
如火如荼的城，飞速运转的翅膀
行走如飞的你我他
把一座城开拓成地球上的神话

后来，有了你们
有了一些故事
有了一些可以品尝的日子
就算淡，就算平常
再也波澜不惊
香甜都成了回忆

我想我们是先想要成为自己

然后才拥有了人生

哪怕再平凡

2024 年 1 月 5 日

光束

小时候追过星星
和明亮的月
蹚过清亮的溪流
和明媚的春光

昨晚，你的身影
与我的记忆重叠
手电光打倒冬的寒冷
把月光的鲜亮压底

嫦娥的美丽遥不可及
就像你追逐的那束光
种植在狭窄的空间里
人们笑话成了痴恋

要学着做一朵云
想哭的时候下雨
想走的时候追风

挽留白天的时候彩霞满天

小时候需要插上翅膀
然后在理想的城里扎根发芽
就算累过，痛过
那光束总要照亮前程

2024 年 1 月 28 日 23:58

两个人，相爱久了，就会变得越来越像对方，笑容一样，气息也一样。当一切尘埃落定，彼此的时间、身体，一切的一切都变得平淡无味，却又谁也离不开谁。你，是我的伴！而我，是你的影子……

——致敬那些相濡以沫的人儿

淡出

未来的，你的故乡
可能只能成为回忆
所有的故事
只能封存
不管你是否相信
那曾经生你养你
的地方
和你的父老乡亲
都将淡出
这将成为一个遗憾中的遗憾
而我们却什么也做不了

2023 年 9 月 17 日

第十辑

每个人都是
一座孤岛

每个人都是一座孤岛

飞舞的季节

叶子忙碌得够呛

环卫工人的腰疾又犯了

叶儿伴在车尾旋转，华尔兹悄然上演

那是秋姑娘被吹起的裙角

那是一曲无声的浪漫

只有风儿解得了的情

每个人都是一座孤岛

困在一些无关痛痒的地方

看春夏秋冬更换着衣裳

听黄鹂画眉清丽歌唱

一个安静的下午

清茶孤饮，素曲伴耳

唯有云飘过

日复一日，年复一年

日子是一座座的孤岛

孩子离开了家
客厅就成了一座孤岛
他离开了温暖的被窝
我就成了一座孤岛

太阳离开云层的遮盖
脱颖而出，万道霞光
它成了一座遥望的孤岛
飞机刺向云端，成了一座孤岛
孤岛上的人，一样做着美梦

两只脚，要么前后行走
要么停留站立
左脚是孤岛，右脚也是孤岛
左脚瘦些，右脚宽些
同样都是娘生的
却走着不同的路
尝着不同的苦

十字路口，行人堆积
你站成一道风景
那个岛上你成了灯塔
然后转瞬消失在人海中

给那个孤岛取个名

叫作陌生人你好

2022 年 10 月 20 日

月半无痕

时间长了翅膀

云朵捂紧了耳朵

天蓝得藏不住心事

风紧绷着脸庞

栓子被人施了魔咒

燕子的呢喃带着北方的腔调

挥之不去的雾霾压低了宇宙的眼

泉水的歌唱漏了一个音符

流行的音乐夹杂多余的水分

动人的身姿爬满了多余的脂肪

岁月雕琢的轮廓模棱两可

牛郎的匆忙永远赶不上银河的步伐

太阳累了一天也该休息了

争艳的花朵缺少傲娇

月半无痕花落几许

江湖里卧虎藏龙

最后只留下一个人

暗自沉沦

2022 年 10 月 15 日

在你的身后飞翔

你在我的世界里崩塌，活生生地

仿佛被抽掉了一根骨头，我的背再也无法坚挺

你曾是我心中的骄傲哦

虽然你并不高大，甚至有点悲悯

可是，我听过你温和的声音

几十双饥渴的眼睛，安静地吸收你给予的营养

我的小手如莲，拂过长长的大黑板

在小黑板上画下一朵白色的重瓣花

涂上黄色、蓝色和粉色

我要表达一个春天，一种家乡的味道

邻居的小姐姐，像燕子一样呢喃

带我蹚流水，采桑叶，抚摸蚕虫

温柔敦厚的校长，给我取名猫仔子

他的笑是精彩语段后的那个感叹号

盼到冬天，38 码的大头鞋压着皑皑白雪

咯吱咯吱

你扛在肩上的半边猪肉，在田埂上摇曳着

我展开一双翅膀，在你的身后飞翔

竟然像是一朵鲜花，开在童年的典籍里

厚重而充满着浪漫的香气

2022 年 10 月 23 日

余生的清朗

谢谢亲爱的姐姐，你送我一朵花儿

你一直在人群中，默默地

献上无数朵鲜花给我

在漆黑的夜空里，在深沉的维度里

今天下午，你的笑容

和秋日的阳光一样明媚

只此一笑，照亮所有的人

高跟鞋，不及你的运动鞋安稳

丝绒的旗袍，比你可爱的红裙子暗淡

你清瘦的样子，让我涌起少女般的记忆

我们的曾经，一如电影再现

刚刚好，你就在这里

你是一朵没有花期的玫瑰花

嫣红的，和国旗同色

灿烂地绽放在巷子里

他们用摄像机拍美女

我用多情的双眼，把你摄在心灵深处

余生的清朗，越来越长

你的温暖，绵远酣甜

2022 年 10 月 28 日

我听过你的名字，像风奔走在田野

向前一步，走进了初秋的黎明

退后一步，关上了夏末的余热

秋雨绸缪，艺术村里的才子凝神静气

仿佛在等着谁的亲临

有些人从未相见，却似曾相识

有些人对面相逢，却无法交织

雨打破天空的沉默，顺着墙根挺直腰杆

你低着头微笑，胜过千言万语

我听过你的名字，像风奔走在田野

没有人叫我去追

我种过一些无名的种子，秋天已经来临

却依然没有勇气收割

喝着浓浓的咖啡，超然物外

听着悠悠的故事，让人感动

人生就是一杯苦咖啡，先苦后甜

余生将是一张老唱片，重复播放

2022 年 11 月 1 日

堆满黄金的谷仓

你采摘了一整个秋天

背回了俄地吓

山寨里沉甸甸的稻穗

像黄金溢出屏幕

好闻的稻香，让耳朵耿耿于怀

那个特别的夜晚

你揣着炽热的心脏

25 瓦的电灯光

拼着老命照亮少女的青春

窗上月朦胧

丰收的喜悦，绕过朴素的村庄

白云致敬蓝天，麻雀回家安睡

父亲赶着老黄牛，母亲喂着奶羊

吊脚楼的腰身粗壮有力

儿童赤足闯江湖，禾兜削减了前进的步伐

春天追赶过的蜂，酿造的蜜

也比不上天真烂漫的笑脸

单薄的身子，在流金岁月里开花结果

2022 年 11 月 2 日 00:48

牛尾巴泼泥成画

耕田犁地，把春天翻新

阳光，难得在山窝上伸个懒腰

牛沉默寡言，偶尔向着天长啸一声

农夫蹚着浑浊的水，永远没法留下脚印

追赶是他永恒的主题

牛几乎不可能在田里摔跤，除非真老了

麻雀也不可能爬上农夫的双肩

因为它们没有牛肚子

估计它们的祖先被鞭打过

所以稻草人一旦穿蓑衣

麻雀的后代就不敢造次

初绿如丝，一点点浮游起来

抹上树梢，钻进田埂的外套

寒风钻了牛角尖

牛尾巴泼泥成画

却又瘫软无力地滑了胎

黄昏里的乡村，炊烟缭绕

纸烟的灵魂，诡异地升腾

牛默默地走，农夫默默地归
热乎乎的饭菜，芬芳的酒
爬呀爬出了窗

2022 年 11 月 2 日

没有着色的云朵

我有一个行囊，一直无法背上

天使坠落在繁花似锦的都市

找不到出口，在哪一个破晓的黎明

越来越沉重，多么想放下

哪怕一天也好

于是我开始把时间切割

让生命尽可能地裂变

每一段非要催生出一个芽子

痛就一个字，却如影随形

忘了关上窗的人，需要沉默

而我同样需要

没有一个人可以陪你一辈子

所以大部分时间里

学会和自己和解

放慢脚步

人生就是一场

永无休止的纠缠

影子缠着太阳

大雨缠住大树

而我放上天际的云朵

却一直没有着色

2022 年 11 月 2 日

一池秋

苍天怒

风雨来

吹皱一池秋

古井清清

君不来

独伤秋

适合哑口无言

雨打破僵局

涟漪层层伏

久久未能平

叶儿躺平

旁若无人

是谁的远足

踏平了一支歌

裁剪一片泥土

砌筑一方舞台

终究还是要体面地

作为一面镜子

照亮岸上的人

2022 年 11 月 2 日 23:07

童年火把

当年，为了一些莫名的理由

对自己撒了谎

编织一个神话

谁知道，未免太过执着

谎言成真

颠覆了现实

虽然也没能成为神话

至少现在想起来

那些拼命使出的力量

终究摇动了时间的钟摆

双手飞舞成翅膀

腰肢舒展成荷

青涩的童年火把

一直燃烧着，发着光

伸向更远的天空

指尖擦破时间，划出火花

脚步碾碎陈旧，片片生莲

在属于我们的时代里放飞自我

一只蚂蚁，要在城市的墙根下安家

誓死捍卫自己的尊严

它就要为此付出代价

晨扫的扫帚，要为黎明打鸣

于是你会听到百鸟争鸣

你会听到车水马龙

人们和日子一起醒来

又匆匆地投入学习和工作的繁忙中

也有一些零散的人

别人忙的时候，他们反而闲着

他们坐公交车，拎购物袋去超市里打发时间

午后的阳光下，再打个盹

时间，在玻璃幕墙上闪闪发光

时间在婴儿的梦魇里徘徊

时间在向万物无声地诉说

我的时光，在你们走后

成了一个巨大的洞

偶尔会长出一些不齐整的芽来

2022 年 12 月 6 日 07:35

如果爱

如果爱不能让你

随风起舞

那该是多么无趣哦